INSTITUT DE FRANCE

ACADÉMIE FRANÇAISE

DISCOURS

PRONONCÉS

A L'INAUGURATION DE LA STATUE

D'ALFRED DE MUSSET

A PARIS

Le Vendredi 23 février 1906

PARIS

TYPOGRAPHIE DE FIRMIN-DIDOT ET Cⁱᵉ

IMPRIMEURS DE L'INSTITUT DE FRANCE, RUE JACOB, 56

—

M DCCCC VI

INSTITUT.
1906. — 5.

INSTITUT DE FRANCE

ACADÉMIE FRANÇAISE

DISCOURS

PRONONCÉS

A L'INAUGURATION DE LA STATUE

D'ALFRED DE MUSSET

A PARIS

Le Vendredi 23 février 1906

PARIS

TYPOGRAPHIE DE FIRMIN-DIDOT ET Cie

IMPRIMEURS DE L'INSTITUT DE FRANCE, RUE JACOB, 56

M D CCCC VI

INSTITUT.
1906. — 5.

DISCOURS

DE

M. FRANÇOIS COPPÉE

MEMBRE DE L'ACADÉMIE FRANÇAISE

MESSIEURS,

L'histoire littéraire du siècle qui vient de s'écouler n'a peut-être pas son égale au point de vue de la poésie lyrique, et, dans ce siècle, trois noms, radieux de prestige, surgissent devant nous : Victor Hugo, Lamartine, Alfred de Musset. L'Académie française, au nom de qui je salue ce monument, éprouve une légitime fierté d'avoir compté, parmi ses membres, ces trois grands poètes.

Nous n'avons pas, sous la coupole, la prétention d'être infaillibles. On a pu nous reprocher, avec raison, quelques coupables oublis. Mais, puisqu'une plaisanterie, qui n'est pas neuve, nous donne parfois le nom d'immortels, on nous permettra de rappeler que nos prédécesseurs ont accueilli avec enthousiasme ces trois hommes dont l'œuvre et le nom ne périront pas.

Si l'Académie eut le bon goût de décerner à Musset, comme à Lamartine et à Victor Hugo, l'immortalité viagère dont elle dispose, ne pourrait-on pas s'étonner que le grand poète, l'illustre Parisien ait attendu, pendant un demi-siècle, l'honneur d'avoir son image érigée sur une des places de sa ville natale? Cependant, ne regrettons pas ce délai. Souvenons-nous, au contraire, que l'épreuve du temps est excellente pour toutes les renommées. Devant tant de statues et tant de bustes, nous prévoyons que le passant de l'avenir se demandera plus d'une fois : — « Quel est celui-ci? Qu'a-t-il fait? Je ne connaissais pas son nom. » Comme des métaux précieux sont mêlés à l'airain de Corinthe, il y a, dans le marbre de ce beau groupe, de la gloire, de la vraie gloire. Nous sommes donc sans inquiétude sur la durée de ce monument triomphal; il est solide.

Les trois poètes qui dominent le siècle dernier sont tous ardemment et pieusement admirés. Mais, pour Musset, il s'ajoute à ce sentiment une singulière tendresse. Vers leur vingtième année, ceux de ma génération ont su par cœur tous ses vers, et il demeure, je crois bien, l'un des très rares chez qui la jeunesse puisse reconnaître les ivresses et les souffrances de ses passions. Car il reste jeune entre les jeunes, car ses vers semblent écrits d'hier, grâce à cette vertu suprême, la sincérité, et ses poèmes sont des cris naturellement harmonieux de folle joie ou de douleur déchirante, et ils éveillent toujours au fond de nous un vibrant écho.

Voyez-le à ses débuts, lors des *Contes d'Espagne et d'Italie*, se lancer éperdument à travers la vie, brûlé de tous les désirs, avide de toutes les émotions. Il y a en lui du Chérubin de Beaumarchais. Mais le gentil page est un poète merveilleusement doué, l'adolescent a déjà du génie. Comme il est charmant, quand il se présente,

Aimant, aimé de tous, ouvert comme une fleur,

dans un bourdonnement de sérénade, dans la féerie d'un clair de lune shakespearien, entouré par le groupe voluptueux de ses Andalouses, de ses Belcolores et de ses Namounas. Oui, par-ci, par-là, dans ses premières œuvres, on trouve bien un peu de cynisme et de mauvais goût, d'ailleurs affectés, par mode romantique, par bravade et impertinence de dandy. Mais que d'ardeur, que de fantaisie, que de grâce, que d'élégance! Quelle prodigalité d'imagination, de poésie! Tout cela fourmille d'inventions délicieuses, de jolis vers et de très beaux vers. Une prairie au mois de mai est moins criblée de fleurs des champs.

Hélas! un furieux orage, celui des passions, va ravager ce splendide printemps. Musset part pour Venise, qu'il a chantée sans la connaître, comme tous les rimeurs du Cénacle, pour Venise où l'attendent le drame d'un amour trahi, la jalousie et toutes ses angoisses, tous ses délires, tous ses tourments. Il en revient, vieux avant l'âge, écrasé par le poids de ses chagrins, brisé par son supplice. Un écrivain d'élite, injustement oublié aujourd'hui, Barbey d'Aurevilly, a tracé, d'un mot pittoresque, l'image du Musset d'alors : « C'est un lilas foudroyé. » Mais si le malheur de l'homme excite notre pitié, ne plaignons pas le poète. La souffrance est la rançon du génie. Jus-

qu'alors, l'inspiration d'Alfred de Musset était faite surtout de charme et de jeunesse. Il atteindra désormais le
sublime, et les sanglots que lui arrache sa torture reten-
tiront dans tous les cœurs jusqu'à la plus lointaine pos-
térité.

> Les chants désespérés sont les chants les plus beaux
> Et j'en sais d'immortels qui sont de purs sanglots.

Quel subit élargissement d'horizon ! Le voilà, le grand
Musset, le Musset des *Nuits* et du *Souvenir !* C'est une âme
mise à nu. C'est une confession publique et faite à voix
haute. Désormais, plus d'affectation, plus de manière, plus
de rythmes singuliers, — je dirais même — presque plus
d'art. La poésie jaillit maintenant de son cœur, violemment
et toute chaude, comme le sang d'une blessure. D'abord, ce
sont des cris de passion, sans pareils dans aucune langue.
Il se révolte, il se lamente, il lance des malédictions. Mais
la haine ne peut durer dans le cœur généreux du poète.
Bientôt il accepte la leçon de la douleur qui a grandi et
purifié sa pensée. Il se calme sous le baiser consolant de
la Muse. Il se réfugie dans la nature et se baigne dans son
immortelle fraîcheur. Enfin apaisé, il condamne son déses-
poir égoïste, il regarde autour de lui, il trouve des larmes
pour les souffrances des autres. Il pleure sur la Malibran,
brûlée par le feu intérieur de son âme d'artiste, et il
venge, en quelques couplets enflammés, une insulte jetée
à sa patrie.

D'ailleurs, les plus hautes préoccupations le hantent à
présent. Dans sa lettre à Lamartine, il adopte le Dieu du
grand poète et songe à la vie éternelle. Comme tout homme

qui pense, il est tourmenté par l'infini. Il veut guérir de la
maladie du doute, interroge tous les philosophes et con-
clut dans un magnifique élan d'espérance et de foi :

> — Ah ! pauvres insensés, misérables cervelles,
> Qui, de tant de façons, avez tout expliqué,
> Pour aller jusqu'aux cieux, il vous fallait des ailes ;
> Vous aviez le désir, la foi vous a manqué.
> . . . .
> Venez, rhéteurs païens, maîtres de la Science,
> Chrétiens des temps passés et rêveurs d'aujourd'hui.
> Croyez-moi, la prière est un cri d'espérance !
> Pour que Dieu nous réponde, adressons-nous à lui.

Combien il est doux de nous arrêter à ces belles
heures, où Musset, en pleine possession de lui-même,
écartant le spectre de la débauche et repoussant la coupe
empoisonnée qui lui offre l'oubli de ses maux, s'élève
vers les sphères les plus hautes et les plus sereines de la
pensée! Ici, comme il est bien nôtre, bien de notre race,
de la vieille France des aïeux, croyante et guerrière!
Comme nous sommes heureux d'être certains que ce
grand poète ne fut pas un impie et qu'il aima son pays
comme il faut l'aimer, c'est-à-dire plus et mieux que tous
les autres, d'un amour ardent, profond, instinctif, filial!

Oui, certes, il est bien Français. Par son style d'abord,
ce style exquis, parfaitement simple et naturel, et qui
semble facile, mais qui est dû, en réalité, à un art si
délicat ou, pour mieux dire, à un don si mystérieux que,
comme celui de notre La Fontaine, il décourage les imita-
teurs. Français, Alfred de Musset l'est encore par la nature
même de toutes ses inspirations, car, seul peut-être parmi

les grands lyriques, il garde la clarté de l'esprit et le besoin de la vérité même dans ses plus audacieuses envolées, dans ses plus sublimes essors.

Musset est un Français et il est un Parisien. En effet, nul plus que lui ne possède le secret de la légère plaisanterie et du gracieux badinage, et l'on reconnaît, dans beaucoup de ses pages, le sourire de l'Athènes moderne.

Grand et bien-aimé poète, tu as déjà pris place parmi les classiques de notre langue et ta gloire est impérissable. Reçois les hommages de notre admiration attendrie. Ceux qui t'aiment allaient naguère en pèlerinage, sur la lointaine colline du Père-Lachaise, pour rêver devant le saule échevelé qui ombrage ton aristocratique et douce effigie. Désormais, tous, aussi bien tes compatriotes que les étrangers, pourront, chaque jour, voir ta statue dressée au cœur de ce Paris qui t'a vu naître et qui est lui-même le cœur de la France Par ma faible voix, la Patrie te dit sa reconnaissance; car c'est grâce à la foule de chefs-d'œuvre, où les tiens sont au premier rang, qu'elle reste toujours, malgré tant d'épreuves cruelles, la reine de l'Art et de la Poésie dans le monde entier.

DISCOURS

DE

M. JULES CLARETIE

PRÉSIDENT DU COMITÉ DU MONUMENT

ADMINISTRATEUR GÉNÉRAL DE LA COMÉDIE-FRANÇAISE

Monsieur le Ministre,
Monsieur le Sous-Secrétaire d'État,
Monsieur le Préfet de la Seine,
Monsieur le Président du Conseil municipal de Paris,
Monsieur le Président du Conseil général de la Seine,
Mesdames, Messieurs,

J'ai le grand honneur et la très vive joie de remettre à la Ville de Paris le monument élevé à la mémoire, à la gloire d'un des plus grands poètes du siècle passé. Alfred de Musset aura attendu pendant près de cinquante ans une statue que ses admirateurs voulaient lui élever il y a déjà plusieurs années, à une époque où les effigies étaient moins prodiguées et où les hommages, tels que celui que

nous rendons aujourd'hui, étaient plus rares. Le Comité
dont je faisais partie ne réussit pas à mener à bien son
œuvre. Le frère du poète, qui en était l'âme, mourut, et
il fallut qu'un admirateur passionné de Musset, qui est en
même temps un ami de la Comédie-Française, vînt, au
moment où j'eus l'honneur d'être nommé Administrateur
de cette noble Maison, m'offrir de placer là, près de ce
Théâtre dont Musset fut et reste une des gloires, l'image
du poète d'*On ne badine pas avec l'amour*.

Ce généreux donateur, qui m'avait demandé de ne pas
être nommé aujourd'hui, vous le connaissez; c'est lui qui,
entre autres libéralités, bien inutiles à rappeler devant mes
confrères de l'Institut de France, offrit à la Ville de Nancy
la statue de Jeanne d'Arc dressée près de la frontière, à la
Ville de Lausanne la statue de Guillaume Tell pour remercier la Suisse de l'hospitalité qu'elle donna si noblement
à nos blessés en 1871 et de la tombe qu'elle garde à nos
morts.

M. Osiris offre aujourd'hui à la Ville de Paris l'image
d'un de ses plus chers, d'un de ses plus illustres enfants.

Et je remercie au nom du Comité, ou plutôt du donateur
lui-même, la Municipalité parisienne d'avoir bien voulu,
une première fois en 1902, par la voix de M. Dausset, et
en juillet 1904, sur la proposition de M. Paul Escudier,
émettre le vœu, réalisé par M. le Préfet de la Seine, de
voir la statue d'Alfred de Musset s'élever à la place où
elle apparaît aujourd'hui.

Je ne dois pas oublier la bienveillance de M. le Président du Conseil municipal et l'empressement de son Syndic
à nous aider dans la réalisation d'un projet cher aux

admirateurs du poète, et il m'est très doux de remercier
M. le Ministre de l'Instruction publique d'avoir, en vou-
lant bien accepter la présidence de cette fête de la poésie,
honoré les lettres, et M. le Sous-Secrétaire d'État des
Beaux-Arts d'avoir ajouté à cette journée une signification
artistique.

A vrai dire, c'est aussi une fête parisienne que cette
célébration du poète de la jeunesse qui obtient son monument à l'ancienneté. Paris aime Musset comme Musset
aimait Paris. L'auteur de *Namouna* n'est pas seulement,
en effet, un poète purement français, — français par la
clarté du verbe et la chaleur du cœur, — il est Parisien,
Parisien d'esprit, Parisien par l'élégance, par son humeur
d'indépendance littéraire qui en fait, dans cette grande
bataille romantique de 1830, répondant à l'autre bataille
que suivait Mimi Pinson avec la cocarde au bonnet,
quelque chose comme un franc-tireur d'avant-garde qui
combat au premier rang, mais un peu à part. Il est Parisien
parce qu'il chanta et charma Paris, et je ne m'étonne pas
que sur la muraille de votre bel Hôtel de Ville rajeuni,
notre grand Paris ait placé debout dans sa sveltesse
l'image d'Alfred de Musset, ainsi dressée comme dans le
Panthéon du plein air.

Aujourd'hui, la Comédie-Française est fière d'avoir
pour voisin — j'allais dire pour hôte — le poète que des
voix autorisées vont officiellement célébrer et que je vou-
drais simplement saluer, au nom des artistes mes collabo-
rateurs, et des auteurs dramatiques mes confrères, comme
un des auteurs les plus chers et les plus aimés de notre
grande scène nationale.

Sur les quinze pièces dont se composent les trois volumes des *Comédies et Proverbes* de Musset, onze ont été représentées à la Comédie-Française. Depuis *Un Caprice,* joué en 1847, jusqu'à *Barberine,* toutes ont été tour à tour applaudies et le sont encore, en dépit du torrent et du temps qui emportent les œuvres, les créations et les créateurs.

C'est que Musset, ce Parisien, ce Français de France, est essentiellement humain, et que, même parmi les décors et les prestiges de la scène, l'auteur de *Rolla* reste un homme. Et par cela même, il demeure le poète de la passion, le dramaturge de l'amour. Il y avait du sang dans son encre. Et toute sa théorie artistique et dramatique se résume en ce vers jeté aux « humains qui chevillent » et « faussent jusqu'aux pleurs qu'ils ont dans les yeux » :

> Grands hommes, si l'on veut, mais poètes, non pas!

Je ne regrette point que « la brutalité de la saison », comme dit Mascarille, nous ait obligés à nous réfugier ici pour célébrer le poète dont l'image est encore recouverte du voile qui tout à l'heure va tomber. L'auteur nous avait prévenus, du reste, lorsqu'il écrivait, *Par un mauvais Temps :*

> Il faisait, dans cette avenue,
> Un froid de loup, un temps de chien.

Il semble que Musset soit plus chez lui, tout près de cette scène où les personnages de ses pièces, les visions de ses songes ont passé : Perdican, Fortunio, Fantasio, Cœlio, Marianne, Louison, Camille, Jacqueline, Barberine, toutes ces figures délicieuses, douloureuses ou redou- tables, souriantes ou cruelles, qui forment comme une théorie exquise sortant de quelque forêt des Ardennes pour se perdre dans les horizons bleus des parcs de Wat- teau.

Puis, c'est ici même, là-haut, qu'il a trouvé pour incarner ces délicieux fantômes, ces créatures de rêve auxquelles il insuffla sa propre vie, des comédiens et des comé- diennes qui partageront sa gloire dans l'histoire de son théâtre de fantaisie et de beauté. Je pourrais même ren- contrer peut-être, parmi les spectatrices de la cérémonie d'aujourd'hui, les trois survivantes des créatrices de ces œuvres devenues classiques, et qui furent choisies par Musset lui-même : celle qui fut le premier soir la Mathilde du *Caprice* ; celle qui fut, avant les autres Rosettes, la Rosette de Musset; celle qui, la première, fit entendre et acclamer les vers de la Muse de la *Nuit d'octobre*.

Tout ce logis est peuplé des souvenirs de Musset, et les ombres mêmes l'y saluent. Mais les vivants le font revivre. Musset est toujours applaudi. Ses héros et ses amoureuses font écouter toujours leurs plaintes ou leurs chansons. Et les comédiens d'aujourd'hui, comme ceux d'hier, rendent toujours en émotion et en talent à notre Musset ce que le poète leur donne en inspiration et en gloire.

La première fois que le nom d'Alfred de Musset se trouve mêlé à l'histoire de la Comédie-Française, c'est en 1827. Il avait seize ans. Il allait remporter, cette même année, au concours général, son prix de philosophie. Nous le voyons alors signer une pétition des élèves du collège Henri IV, demandant à « MM. les Membres du Conseil du Théâtre-Français » que la Comédie représente pour ces écoliers *La Jeunesse de Henri V*, d'Alexandre Duval, et *Le Tasse* du même auteur, afin que les collégiens puissent voir (je cite la pétition que le jeune Musset avait peut-être rédigée) Mlle Mars « avec toutes ses grâces ».

Alfred de Musset pourrait la voir, cette Mlle Mars, Muse de la comédie, faisant face à la Muse tragique, Mlle Rachel, sous ce péristyle, à cette même place où le poète a tant de fois porté ses pas. Il ne se doutait point, le collégien de 1827, qu'il serait un des souverains de la Maison, et que son théâtre à lui — ce théâtre où le salon de Carmontelle et de Marivaux s'ouvre comme sur la lande et l'île enchantée de Shakespeare — réduirait en poussière *Le Tasse* et les comédies historiques des classiques attardés.

Il ne se doutait pas surtout, quand il traçait cette pétition sur le pupitre du collège Henri IV, qu'un maître sculpteur dresserait un jour sa statue sur une place publique de Paris, à quelques pas de la Maison de Corneille, de Racine, de Molière et de Victor Hugo.

Vous allez la voir, cette statue, qui fait honneur au grand artiste, gloire de l'art français, qui l'a signée. M. Antonin Mercié a véritablement évoqué Musset, le Musset jeune, ardent, douloureux des immortelles *Nuits*. Assis sur le banc de pierre, il songe aux amers souvenirs, aux douloureuses épreuves, aux passagères amours. Et la Muse, la blonde rêveuse, la jeune immortelle, lui répète

les mots sublimes où le poète lui-même explique le charme
cruel et la nécessité de la douleur :

> Les moissons pour mûrir ont besoin de rosée ;
> Pour vivre et pour sentir, l'homme a besoin des pleurs ;
> La joie a pour symbole une plante brisée,
> Humide encor de pluie et couverte de fleurs.

Messieurs, c'est dans une autre *Nuit*, une *Nuit de
Décembre,* que Musset se revoit, en une hallucination poi-
gnante, dans la salle d'étude de ce lycée d'où il écrivait à
« Messieurs les Membres du Conseil du Théâtre-Français »,
et vous n'avez pas oublié cette inquiétante vision :

> Du temps qu'il était écolier,
> Il restait un soir à veiller
> Dans une salle solitaire.
> Devant sa table vint s'asseoir
> Un pauvre enfant vêtu de noir
> Qui lui ressemblait comme un frère.

Et il nous a dit comment cet autre lui-même, au visage
triste et beau, l'accompagna partout dans la vie, tantôt
lui montrant les cieux et tantôt lui tendant son verre, à
Pise, à Cologne, partout, à Florence et près du Lido, où
meurt la pâle Adriatique... et où meurent aussi les
amours.

Eh bien ! cet étranger qui lui ressemblait comme un
frère, Musset n'a pu l'entrevoir, le deviner dans sa forme
nouvelle ; mais nous allons le voir, nous, non plus vêtu de
noir comme s'il portait le deuil de ses illusions, mais

dans tout l'état du marbre blanc et dans la splendeur d'une apothéose.

C'est le visage triste et beau, c'est le rêveur pleurant son pauvre cœur enseveli, — mais c'est l'éternelle image du poète adoré par la Muse et couronné par l'Immortalité !...

Paris. — Typ. Firmin-Didot et Cⁱᵉ, impr. de l'Institut, 56, rue Jacob. — 46007.

www.ingramcontent.com/pod-product-compliance
Lightning Source LLC
Chambersburg PA
CBHW061423170626
46811CB00005B/2105